U0133002

STYLISTIC DRAWINGS

当代画家风格素描系列

A Collection of WANG HUA XIANG'S works

王华祥素描

吉林美术出版社

1962　生于贵州
1981　毕业于贵州省艺术学校
1988　毕业于中央美术学院，现为中央美院版画系教师、
　　　飞地艺术坊主持

个人展览

1991　近距离…王华祥艺术展，
　　　北京中央美术学院画廊
　　　近距离…广州荟萃画廊，澳门美协
1996　在虚无与现实之间，香港 Schoeni 画廊
1999　不存在的真实，香港 Schoeni 画廊
2000　油画、版画、行为，北京东便门红门画廊
2001　一种注目，深圳骑士画廊

联合展览

1989　全国第七届美术作品展览，北京中国美术馆
1990　中国优秀美术作品展，日本
1991　北京…台北版画联展，北京中央美术学院陈列馆
　　　新生代画展，北京中国历史博物馆
1992　西班牙国际版画展
1993　二十世纪中国大展，北京中国历史博物馆
　　　后八九中国新艺术展，Narborough 美术馆，
　　　英国伦敦；汉雅轩，香港
1995　亚洲新潮艺术博览会，香港会议展览中心
　　　台北艺术博览会，台湾
　　　中国现代油画展——从现实主义到后现代主义，
　　　比利时
　　　亚洲香港艺术博览会，香港
　　　中国现代油画展，泰国曼谷，
　　　女性形象 II 香港 Schoeni 画廊
1996　Schoeni 画廊开幕画展巡礼，香港
　　　线的力量——海内外素描邀请展，纽约
1997　中国之梦，北京炎黄艺术馆
1998　中国当代美术二十年启示录，纽约国际艺术博览会
　　　"中国字在艺术家眼中"，旧金山
　　　"四方工作室"版画展，北京国际艺苑
1999　巴塞尔世界艺术博览会，瑞士
　　　威登纳基金会艺术邀请展，德国
2000　画室开放展，下苑画家村，北京
　　　"世纪之门"批评家提名展，成都
2001　"四方工作室"版画展，上海美术馆
2002　"上苑画家联展"，澳门
　　　"四方工作室"版画展，广州美术馆
2003　"空间迁徙"，北京红门画廊

学术成果

1993　《当代艺术家画库——王华祥》中国画报出版社出版
1994　《将错就错》河北美术出版社出版
1996　《在虚无与现实之间》香港 Schoeni 画廊出版
1999　《名师点化——王华祥说素描》湖南美术出版社
　　　出版，主编《美术文献》素描专集第一期、第二期

　　　策划 99 年春季翰海油画拍卖会
　　　策划世纪末书系《画坛偶像》《色界枭雄》《女娲
　　　之灵》《水墨潮流》，珠海出版策划 99 "将错就错
　　　素描营"活动
2000　成立"飞地艺术坊"
2001　策划《再识大师》之系列丛书六本，河北美术出
　　　版社出版
　　　策划飞地艺术坊系列丛书《和静物对话》、《木板
　　　家族》，河北美术出版社出版
2002　《触摸现实》，河北美术出版社出版
　　　《飞地观点》，岭南美术出版社出版
　　　《飞地艺术坊素描》，花山文艺出版社出版

获　奖

　　　1989 全国七届美展金奖

主要收藏

　　　中国美术馆、上海美术馆、德国路德维希博物馆、
　　　英国木板艺术基金会

传媒发表

　　　《美术》《美术文献》《江苏画刊》《美术研究》《当代
　　　学院艺术》《窗》《雄狮美术》《艺术家》《艺术界》《中
　　　国版画》《君子》《新时代画报》《中央电视台美术星
　　　空》《欧洲时报》《香港传讯电视》《时代风采》《艺术
　　　状态》www.tom.com，www.feidi.net……

目　　录

素描论

　　素描为何被称为一切造型艺术的基础？它的重要性被夸大了还是未被真正的重视？若以15世纪到19世纪的西方艺术而论，素描在其中所起的作用是无与伦比的，而在此之前或之后以用以及在其他地区，素描的作用却未必明显。没听说古希腊人画素描，也未见中世纪的欧洲人画素描，古埃及人没画素描，古代的中国人也未画素描，康定斯基、杜尚、博伊斯，还有好些观念艺术家和行为艺术家都未画素描，或者说没把素描看成是他们艺术的基础。我认为，素描与写实绘画有关，也与由写实派衍生出去的某些绘画有关。对于写实的训练，（素描可以是确切地告诉学习绘画的人：如果你喜欢绘画，那么你一定要先练练素描，如果你喜欢写实绘画，那么你一定要先学习素描。）

　　有人说，写实很容易，只要照着抄就行，这是很无知的话。到了文艺复兴时期，在人文和科学都发展到了一定高度的时候才做到，其中包含了多少经验和知识。以我几十年的创作和教学经验而言，写实绘画对一个人的综合素质，如：感觉、理性、分析能力、综合能力、毅力、控制力、应变能力、概括能力、好奇心、求知欲、心灵、想象力等等，都具有极高的要求。当一个人真正把素描画通的时候，他的心智就与一般人有所不同。素描不仅是一种绘画技巧或绘画方法，他对艺术家的影响是全方位的，甚至连世界观、伦理观、智商、情商都会改变。对素描人家，你找不到一个失败的例子。他们头顶蓝天，脚踩大地，看流行艺术泡沫滚滚，看芸芸众生欲海滔滔，心里的那种自信和骄傲非寻常人能领略。因为只有他们明白，自然是天，生命是天，写实绘画来自天，写实素描离天最近。人类对于真实（自然）的那份感情，是不受文明或时间影响的。更为重要的是，素描大家们看到，形形色色的艺术，都与"真实"有关，或直接，或间接，离开自然的艺术就像无土栽培，有以生芊芊小草，但不可能育参天大树。为什么现代绘画在几十年间就走到了末路？它被非架上艺术取代就是一人明证。我承认，绘画艺术由概念（原始）到写实，写实审判到抽象，由抽象到观念是一种必然，但这不应当成为反对写实的借口，就像不能把年老作为反年轻的借口，把年轻作为反对年少的借口一样。我把整个过程视为艺术发展的生命流程，如果看到这一点，那么我们就能够欣赏到不同阶段和不同状态的美。我愿意把艺术史的演变看成生命的轮回，从生到死，从死到生，从概念（幼儿）到观念，从观念到概念无限往复。我为找到一个比喻而信心倍增，为处在生命流程旺期的（青壮年）写实绘画兴奋。如果你认为我的比喻贴切，那么，你应当学习写实绘画和写实素描，至少有一个阶段是这样。回到写实，再从写实出发，这就是我完整的教学观。

王华祥

反抗收藏

就艺术来说，在今天的西方世界，艺术的生态环境比任何时候都要糟糕。从表面上看，这是一个文化多元，言论自由，权利平等的世界。而实际上，它比任何一个时代都要权利集中和等级森严。只是在阶级之间，象古代那种表面的围墙没有了，然而无形的墙仍然存在，谁能越雷池一步？穷人富人，互不往来，泾渭分明。是谁在左右这个世界？是"人民"吗？我过去是多么天真！

革命的前卫艺术是由谁来支持的？是中产阶能吗？前卫艺术家以为自己是叛逆者、是斗士，可是，他们的任何反抗都不会指向金钱和权利，因为不管艺术家是否愿意（其实很愿意）都将被他们的"敌人"所收购。前卫艺术的革命对象即是自己的衣食父母，有哪一位"前卫"不是被资本家的金钱寰养？我在此无意说资本家不好，其实我也喜欢资本家，只是我不愿意一边数钱一边革命，我以为这样不太要脸。我认为，前卫艺术和权利，和政治的关系越来越密切了，前卫是一种妖言，是垄断阶层及其利益集团的傀儡。前卫同时还是一种显示优越和先进的标志，就象体育比赛中的排名优先者，因此，前卫艺术不仅要满足政治的目的，而且也成为国家集团和垄断寡头之间互相较劲的手段。前卫艺术被利用主要体现在以下几个方面：

一、赞助或购买创意。二、赞助或购买过程和作品。三、收购任何叛逆和反抗，给你一个博物馆中的位置。"革命"到此结束。四、表现一种统治者的开明与宽容（因为你并不真的反抗，或者你的反抗早就被反抗对象所预防）。当开明已变成一种必须的姿态时，艺术家与赞助人，艺术家与艺术家，赞助人与赞助人，都会开始那种姿态上的竞赛，而艺术是否艺术，开明者是否真的开明已经不再重要了。五、垄断和权利的本性必须使占有欲望由物的占有斥级到人的占有，毫无疑问，人的肉体属于"物"，它归属于金钱与权利，虽然，人的思想是自由的，它可以不接受"物"的支配，但是由于它的居所是肉体的"物"，所以它就天生带有弱点，注定要受到"物"的影响与牵制，因此，当金钱和权利企图完全占有"人"时，他们所要做的事情就是将人的肉体与思想一同收购。六、前卫艺术在某些国家是自由主义者的大麻，它给吸毒者一种自由的、勇者的幻觉。其实他们不知道别人该逛街还逛街，该吃饭还吃饭，该贪污还贪污，该整人还整人，当国外的政治势力对这个国家有所企图时，自由主义者便有了领导部门和组织，自此，他们与国外的前卫艺术家一样，肉体和思想都被折合成美金，自由便不复存在。但是与国外前卫艺术家不同的是：国外前卫艺术家是开明的象征，而本国则是外国改造本国的武器，我曾在青年艺术家王兵画集的序言里写道："在这个（艺术）舞台上，买者或卖者都是主角，惟独艺术没有位置，也许，它早就从虚伪的表演者当中逃匿了"。当然，这些文字并不说明是或非，善与恶，只是我的一种思考。

王华祥（原载《自由交流》第一期）

飞地艺术坊　王华祥的素描经

无知的感觉　求知的状态

□朴素是大思想家、大艺术家和大多数杰出人物的重要特点。不求虚荣，不守名利，完完全全地处于"无知"的感觉，"求知"的状态，那么，你所能接触到的事物，都会以真实的面目显示于你。

规律在自然现象中　也在人造现象中

□素描造型的基本规律是存在的，也就是说，有一些内在的原则是永远需要遵循的，只是由于规律本身的隐蔽性特点，它不可能简单的表现为某一种方法或形式，所以导致了人们见仁见智的猜测。更为糟糕的是，人们往往还将其庸俗化或教条化的理解，把规律和某种方法混为一谈。我认为，规律是宇宙中的某种特质，它既反映在自然现象之中，也反映在人造现象之中（包括科学和艺术），在不同的环境、不同的时代和不同的承载体里面，它的表现形式也是不同。但是，不管是在什么时候，杰出的人总能看到那个永恒的东西，因此他们所作的事就符合那个"理"。

忘记技法它才成功

□技法本无好坏，它并不能单独存在。一般而言，只有当它恰当地表现了主题的时候，它才具有价值，换言之，只有观者忘记了它的时候，它才是成功的。

登山不如另造一座山

□大师们的艺术就像一座座山，任何时候看，都不会减其雄伟，大多数人天天都在往上爬，这就是模仿。如果模仿得像，就自以为爬到了山顶，于是，山不存在了，天底下就只有自己，多牛啊！我也曾有过这样轻薄的念头，所幸后来又看到了那些山，丝毫不减其雄伟。我明白了，山是不能超越的，因此，我不再去登山，而是努力去创造一座山。

因其永恒而获自由

□关于素描教学，我是一个传统主义者，我深知素描造型当中的某些东西是永恒的，是不可违背的，因此我才获得了自由的感觉。

□我提出重结构形体、轻比例明暗的主张，采取局部完成的方法，试图以此弥补版画系的先天劣势（学生基础差，课时少），到现在为止，教学实践已近十年，从观念到方法也已基本完善。

□素描教学的任务有两个：一个是练就创造的技术，另一个是练就创造的头脑。

寻找用铅笔解释结构和形体的途径
穿透色彩的迷雾
穿透明暗的迷雾
穿透"方法"的遮蔽

□象结构和形体这样的词是被经常使用的，但真正能够用铅笔去解释的人并不多，古往今来，凡是真正的大艺术家，都能够穿透色彩和明暗的迷雾，穿透各种"方法"的遮蔽看见它们。但是在一般人的眼里，结构和形体却象妖精一样善变，于是他们一会儿说它是老太太，一会儿又说它是美女。

□长期以来，一直流行这样的认识，素描要粗犷，要奔放，要轻松，要概括，要美，最吓人的是要大气。其实，粗犷也罢，精细也罢，都是手段，是效果，是语言，它们本身并无好坏之别，雅俗之异。

几个概念

□轮廓与结构

轮廓与结构在表现上很相似，但它们其实是不一样的，轮廓是指外形，结构是指形体的构造关系。在作画程序上，轮廓是塑造前的准备，是对形的位置界定，而结构则是已经完成的形，结构必定反映轮廓，但轮廓却不一定反映结构。

□形和体

形是指外形，体是指体积。形呈现为轮廓或结构；体呈现为形的厚度或深度。这种分析的重要意义在于：它们在作画顺序上必须先行后体，形的质量决定着体的质量。只有在轮廓上升到结构层次时，才能进行体积和空间表现。

□整体与局部

整体有两层含义，一是整体观念或整体感觉；二是整体方法或步骤。其中，整体观念与整体感觉又有所不同，整体观念是属于知识性的，它前置于"整体感觉"，如果没有整体观念，整体感觉是不可能有的，因此，进行理论上的分析也是必要的，这样可以使学生明白，深藏在整体方法后边的东西是整体感觉，而整体感觉后边是整体观念，从逻辑上我们可以看出，整体观念产生了整体方法，但整体方法却不一定能够导致整体观念。在整体观念的指导下，作画的方法空间是巨大的，它可以不仅仅是一种，而是许多许多种。局部作画的方法就是基于这样一种认识。

我认为对以上概念的澄清是非常必要的，教师必须清楚并重视这些概念的意义，这样才能在教学当中既坚持原则又灵活生动，既服从规范又能积极探索。

艺评

□柯罗，又一位大自然的歌者，但凡是这样的多情男子，总是喜欢表现黎明和黄昏。关于这种题材，线描就不灵了，不用明暗你用什么？

□你说莫迪尼阿力咋就能把人画得那么美呢？是不是因为画得秀气？我告诉你一个变形的秘密：超越生理限制，别管解剖是什么，透视是什么，否则你就会弄成装饰画或者弄成变形金刚。

□夏加尔喜欢表现梦境。女人和鲜花飘浮在天上和水中，她们象云彩或鱼儿一样游来游去，没有任何负担和牵累，不受污染，没有身份，性别模糊。她们是一些象征，是身陷凡尘的成年男子对童年的追忆，是现实囚徒对精神的放飞。

□光线是魔术大师，它可以使同一处地点的同一块草地，同一片树林或同一条小路变成不同的气氛。它控制着你的感觉，左右着你的情绪，当你没心没肺的时候，你是一个普通人；当你模仿它、研究它的时候，你是一个学生；当你改变它或制造它的时候，你已经是一个艺术家。在视觉王国，你象君王一样有权支配观众。

□当某件作品被评价为"很生动"的时候，一般都是因为其中具备下列情形中的某一种或几种情形，如：动态的外形、激动的表情、闪烁的光线、明暗虚实相间、运笔急速、节奏感强、疏密得当等等，其中，尤以疏的地方多，密的地方少；松的地方多，紧的地方少；动的地方多，静的地方少；白的地方多，黑的地方少等最为典型，因此，生动与否，只不过是技术问题。一方面，我们应当知道这些技术，另一方面，我们有权生动还是不生动。

在历史的天空中寻找自由

写实风格的艺术是多种多样的。有倾向于自然形态的写实，有倾向于文化观念的写实，有倾向于个人情感的写实，也有倾向于人类理想的写实。不同风格的写实对于艺术表现的原形，或多或少都带着不同程度的"偏离"，绝对的写实是不存在的。即使是照片，也惨和了拍摄者的态度。

在"看法篇——写实素描"中，我所探讨的主要是倾向于自然形态的写实。这种写实，是我们对理解自然和接近自然所作的努力，它汇报给我们的是刻着精密尺度的眼睛和老实顺从的手，同时，也与我们缔结了一份姻缘，不管将来我们的艺术"偏离"到什么程度，走得有多远，都会与它保持着联系。对于艺术家来说，自然存在是根，是赖以生存的土地。艺术就像植物一样，植物从土里生长出来，它的尖儿伸向天空。它将一头埋在土里而另一头则渴望着离开并自由的生长，对写实的努力也是如此。在根植厚土的基础上去追求自由的人的天性，这就是艺术所要表达的天性，因此，对自然原形的"偏离"就是一种必然。

"偏离"的内在动因是追求自由和追求独立。艺术之所以被人类看重，正是由于它反映了人的天性。艺术风格单一，人的生存内容也一定单一；艺术风格多样，人的生存内容也一定多样。

"偏离"的含义还有另外一层，除了"偏离"自然原形之外，还要偏离文化原形。文化原形即是滋养我们的文化传统，它与我们的关系，也如土地和植物的关系、根须和树尖的关系。一方面我们要吸收它的营养，另一方面又要摆脱它的束缚。如果我们不"偏离"它，就会像猴子提不起前足一样，永远不能站立。

我主张在理解传统的基础上"偏离"传统，在写实的基础上"偏离"写实，也可以说在"存在"的基础上建筑理想，在"客观"的怀抱中润育主观，在共性的屋顶上架设个性，在历史的天空中寻找自由。

王华祥

每一个人都是天才

艺术家与工匠有很多相似的地方，但却有一点不同，就是工匠是按照现成模式来工作，而艺术家是为了打破既定模式而工作。哲学家说没有完全相同的两片树叶，我说艺术上没有完全相同的两个人。事实上，在克隆羊还未产生之前，文化克隆早就已经存在了，我们把缺乏独立人格、独立精神和独立思想的芸芸众生都可以看成克隆人。对于理想的政治制度而言，让民众失去独立思考能力是一种阴谋；对于寻常百姓，主动放弃独立思考是因为懦弱，被动失去独立思考是由于愚昧。所幸，人类还有艺术，它是强者的盔甲，是伤残者的翅膀，是叛逆者的家园，是心灵对自由的守卫和对未知世界的向往。

我假定每一个人都是一个独立的、完整的和不可复制的生命。为此，我感到生命的神圣。我认为每一个人都是天才。天才是具有特殊才能的人。既然我们承认个体的不可重复性和特殊性，那么每一个个体都应该具有特殊才能，因此也就是天才。只是，天才成长为大师都需要相应的条件和环境。我曾经对学生说："你们的作品已经跟大师一样，丝毫不亚于他们。大师也是人，他们之所以出众，是因为他们的激情，他们的思想和他们的能量是超常的。我为你们创造了一种氛围，一种环境，把你们的情绪调动起来了，你们的能量（原本就是你们与生俱来的）发挥出来了，艺术创作使你们进入了一种超乎寻常的状态，这是'大师状态'因此，你们的作品就具有大师的品质。"

王华祥

我为什么办飞地艺术坊

从 1988 年我留在中央美院至今，我已经做了十三年的大学教书匠，如果加上三年中学教龄，那就是十六年。在大学里，的确有很多好老师，他们辛苦工作，为国家培养了大批美术人才，但是，我也见过一些自私、低能和虚伪的教员，他们对学生不负责任或负不了责任，练就的是欺下媚上和八面玲珑的本领，吃鱼不吐刺，杀人不见血，误人子弟。曾有领导问我辈："如何才能调动职工的积极性？"，我说："是什么样的积极性？积极的人从来都有，只是看你们想要调动哪一种人的积极性。管理就如同带兵，下级肯定是服从上级的。当官的如果喜欢吃，那么伙夫就会受到提拔，因此，学做饭的人就会很多；当官的如果喜欢穿，那么裁缝就会受到提拔，因此，学做衣服的人就会银很多；当官的如果喜欢听好话，那么马屁精就会受到提拔，因此，学做吹鼓手的人就会很多；而如果当官的需要攻下一座城池，那么勇士就会受到重用，因此，人们就会去学习打仗。一个国家，一个地区，一个单位，一个部门，'风气'怎样，完全取决于当官的树什么样的榜样。"领导笑了，心里如明镜一样。可是，若干年过去了，美院依然如故。

在中央美院，我曾经有很好的名声，美院的前院长曾在九十年代初期给过我很高的评价："五十年代有某某，八十年代有徐冰，九十年代有王华祥，王华祥对美院的素描教学是有贡献的，他在人们普遍厌学的时候调动了大家学习素描的热情。"我也曾狂热地沉浸在教学当中，并未得到院内外师长和同行的承认而满足，直到有一天，我因《将错就错》和某些观点而得罪了领导被定性为哗众取宠，狂妄自大。说实话，我从内心从未重视过权利与金钱，鼓舞我的全是一些形而上的东西，但我后来明白，我的轻视态度是令人生气的。尤其是《将错就错》的走红，使一些人的学术地位受到动摇。于是，我的为人谦和、诚恳、工作负责、深受学生欢迎等好名声，神鬼不觉地转变到这些词汇的反面。我对权术的无知使我一败涂地，对教学的偏执和狂热不仅令我招祸，而且使我一贫如洗。此时我才突然如梦方醒，把自己的快乐和幸福建立在领导的赏识或他人的赞扬上面是多么虚妄和可悲。而更加使人绝望的是，在我们这样一个名声显赫的学校，才华出众的、受到学生和同行尊重的教员几乎都被修理过，虽然也有少数"漏网者"，但都必须具务谦卑老实的容貌或"地富反坏分子"的等待改造的表情，你想在美院生存吗？那你就别无选择。你必须重新整容，假如你有一张自信的脸的话；你必须装孙子，假如你名气大或画卖得好的话；你必须"厌烦"工作和教书，假如有太多的学生向领导申请上你的课的话。

显然，这些花招我都尝试过了，但是，我的天性反抗这种理智的努力，这种努力使我心理很不快乐，我的脾气越来越暴躁，动不动就跟人发火，这是走到了领导希望的反面，他们成功地改造了我。我曾经养过一条叫做笨笨的狗，在它小的时候，我常带它去郊外钓鱼，有一次，它看见了一条大灰狗，就棵棵高兴地跑过去打招呼，因这它从未看见过自己的同类。它用鼻子嗅那条狗，好象在说什么表示欢迎的话，可是突然那条大灰狗狠狠的咬了它一口。笨笨一声惨叫，仓皇逃走。我看到它眼里满是惊惧，迷惑与哀伤。伤口非常深，后来就感染化脓了，很长时间才愈合。从此笨笨见狗就咬，非常好斗，我明白了一条狗是如何长大的。我也快变得跟狗一样了。性情越来越偏激，我试图通过赚钱（改画油画并跟香港的一家有名的画廊签约），通过消极怠工来平衡自己。但是，我的内心依然痛苦，我年画的东西，我对待工作的枋度，都不符合我做事的原则。反而是与我的理想背道而驰。因此，我对学校和卖画都深深地失望了。于是，在 1997 年，我向院里递交了一份辞职报告（成为中央美院历史上第一个主动辞职的人）。出于大家都猜得着的原因，院里的领导们都找我谈话挽留，最终，我不再坚持辞职，但在我的内心从此却有了巨大的变化，必须快乐地、善良地、有见解地、有意义、有尊严地活着。经过一段时间，我的内心重又归于平和，脾气也好了，人也积极了。我开始冷静地思考问题，思考生命存在的意义，思考责任，金钱，功名，健康等等。谁也不是我的敌人，我以往的所有痛苦是来自企图战胜别人，其实，谁也战胜不了谁。即使是用枪指着脑袋，你就能让人服吗？他会恐惧，但不会服。我们被修理过的人，大家服了吗？没有。我唯一需要战胜的，是自己。值得庆幸的是，我做到了，谁也没有妨碍我，谁也阻挡不了我。

"联想"的老总柳传志说过一句话："在大环境不好的情况下，我就尽量改造好自己的小环境，尽量把工作做好。"若大一个中国，优秀的人还是很多，我并不孤独。中国能发展到今天的样子，就是因为有许多天性不灭的人。快乐不是别人给的，是学习得来的。在此，我应当感谢帮助过我和压制过我的人，关怀和敌意都是一个人成长的养分。既然市场不愿意靠，单位不能靠，那就另寻出路吧。如果一个人能把自己置于死亡的对照，那么活着就是最重要的；如果能把自己置于快乐的对照，那么健康就是最重要的；如果能把自己置于意义的对照，那么奋斗就是最重要的。因此，虚荣狗屁不值，懦弱谦卑无必要，人不要辜负了来世上一遭，不要错过了阳光，雨水，泥土，岩石和风雪，用欢乐去拥抱痛苦，用善良去拥抱凶恶，用宽容去拥抱狭隘，用给予去拥抱吝啬，用智慧去拥抱愚昧，用行走去拥抱睡眠，用生去拥抱死，用理想去拥抱现实。

飞地艺术坊，是我的人间天堂，是一些热爱艺术的人的做梦的床。这里没有勾心斗角，尔谀我诈，画画和教学是我们唯一的工作，成绩是教员和学员的唯一标准。如果你的画好，人又善良，其它一切都可包容，我唯一不允许的就是没有尊严的表情，没有人格的举动和无所事事。在这里，报效国家和理想等等不是空话，高效率的工作成绩不是自吹自擂，无下可欺，无上可媚，艺术就是我们的工作，就是我们的生活，就是我们的生命。

王华祥2001.1.8飞地艺术坊

一种借口

99年我在巴黎住了半年，是奔卢浮宫、奥塞和蓬皮杜去的，在哪里，我见到了许多十分喜爱的大师的原作，可我很快乐厌倦了博物馆，对当代艺术的热情也很快退去。我整天在大街上闲逛或在塞纳河边散步，有时也到意大利、摩纳哥等其他国家去玩玩，我与这些地方的关系停留在表面上，而且也无深入了解的兴趣。对伟大的欧洲的艺术传统我仍然保留着尊敬，但这是一些老人的辉煌，我虽为其智慧和成就感动，但我知道时间和文明已经将我们永远隔开。对于当代艺术，或许是离得太近的缘故，我对它无从判断，我的感觉是越有名的越不值得看，大多数是一些小题大做的东西，天花乱坠的评论后面尽是一些狼狈似的商业阴谋。倒是一些街头艺人和胡同里的"业余"艺术爱好者很吸引我，他们所作的作品，并不比那些名角差，或者换一个说法，好与差不重要，我为之着迷的是他们对待生活与艺术的态度。他们生活在社会的底层，生活在主流艺术的边缘，但却是直正生活在艺术之中。从他们有脸上，你能看到现代人尤其是都市人少有的纯净和快乐，仿佛生计功名情欲等等都与他们不相干，巴黎只是一片空旷的草地，而他们是这草地上自然生息的牛羊

艺术家是一个世世俗的称谓，它本来是指从事艺术劳作的工匠，在艺术工匠的后面加上"家"之后，就慢慢出现了文过质非的现象，很多"艺术家"穿着皇帝的新衣四处招摇，先是欺人，后是自欺，正所谓假话说多了自己也当真，作秀，演戏，装牛逼，装傻逼，装可怜，装傲慢，装勇敢，装深沉，装超脱，装浪漫，装男，装女，一句话：装丫庭。但可以让人欣慰的是，真艺术家还是有的，不仅在巴黎有，在罗马有，在北京也有。在北京城里以及在北京的周边，住着一些真的艺术家，他们不像协会画家那样有组织，也不象前卫画家那样有影响，人们日复一日地画着画，期待着有一天这些画被买走，但他们绝对不是为了钱而画画，也不是为了名而画画，他们中的某些人曾做过生意，当过干部，教过书等等，可最终他们选择了艺术。对他们中的大多数人来说，选择艺术就等于选择了贫困，就等于选择了远离人群的孤独生活。但是，他们获得了自由，获得了支配自己思想和行为的时间和空间。其实艺术与自由是一对连体婴儿，他们一起诞生，一起成长，如果有一方不在了，另一方也会死亡。艺术之所以被人类创造出来，艺术家之所以被社会需要，皆由于人类的天性中始终追求自由的血液。在此意义上说，艺术其实是一个借口，一个实现自由的借口。因此，我认为那些

为了出名，为了赚钱而出卖自由的人不是真正的艺术家，不管他们在艺术界的名头有多大。

顾永奎是一个经过了生活考验的真艺术家，为了艺术，他放弃了原来比较优越的工作，他对艺术的爱源于他对自由生活的爱，他所创作的这些作品无需我再多说什么，因为它们既然是出自一位真诚的热爱自由的艺术家之手，那就值得我们信赖和关注，不仅如此，我还很欣赏他能把绘画的古老技艺与现实生活融合在一起的才能。这些作品是那么美，而它们竟然是在一些画报上完成的，这不是"点石成金"是什么，我以他老师和同道的身份祝贺他的展览取得圆满成功，再次"点石成金"。

王华祥2002年5月8日于北京飞地艺术坊

还是借口

艺术以无用的方式进入社会，艺术家以舍弃的方式获取功名，但是在我心里，真的艺术离时尚最远，离心灵最近，离功名很远，离自由最近。斡选择艺术，是因为看重心灵；我热爱艺术是因为重视自由，因此，艺术其实是一个借口，是一个维护心灵和实现自由的借口。

王华祥于2003年3月10日

速写感怀

过去，我不喜欢速写。既不怎么画，也不怎么看。速写在我头脑里等同于油滑、轻浮、概念和简单。考上大学之后，我对画速写的同学很轻视，看他们胡编乱造千篇一律立马就联想到靠画工农兵发迹的一代名画家们。教我的教师也强调速写，经常带着大伙画，但我心里却并不以为然，而且还找出相当有说服力的画家不画速写却成了大师的例子来证明画速写无用。找出一些速写名家的画中的毛病，速写不但无用而且有害。现在看来，我的想法是多么偏激而且荒谬。这也说明当一个人固执己见的时候是看不见真实的。人们一般都只看得见自己感兴趣的东西，而对于其它的就会视而不见。不过，我还得为过去的偏激感到幸运，虽然关于速写的看法不正确，但是却因此保护了我良好的直觉：那时以及那时以前的许多速写的确是十分糟糕。许多名人的华而不实的画作通过出版和展览在社会上广为流传，影响了很多人的审美观，而我却因为偏执而幸免于难。

但是优秀和伟大的速写的存在是一个不争的事实，古今中外都不乏这方面的大家。我所反感的，其实不是速写而是某一些速写。在我看来，今天速写的风气已经逐渐衰微，除了考生之外，画速写的画家是越来越少，而画的好的就更更少，这是因为，速写作为收集素材的主要功能已经被照相机取代，以社会生活为主要题材的写实绘画越来越边缘化，所以速写便丧失了它存在和发展的基础。但是，速写不会消亡。相反，我们在丢掉速写的收集功能后，却发现了它的其它功能，并且是比前面的传统功能更重要的功能，这就是：对人的敏锐感、概括力、想象力以及快捷的动手能力的培养都是非常有益的。

速写忌讳快、忌讳油、忌讳散、忌讳编。对速写来说，结构是最重要的，第一是生理结构（或剪裁），第二是运动结构；外形和节奏。我已经说出了速写的秘密—结构，它是一把钥匙，抓住它，速写的门就会自然打开，那么，怎样才能获得认清结构的能力呢？是学习解剖吗？结构是解剖的意思吗？那么树木花草呢？桌椅板凳呢？牛马猪狗呢？都要学习解剖后才能做画家，那怎么可能呢？因此我所说的结构主要是指形与形，形体与形体，面与面之间的互相连接。在软性物体比如衣服、裤子、皮肤、烟云以及水流等，它们有两种形态。一种是固定的，我称为生理结构（剪裁结构）。另一种是变化的，我称为运动结构。对运动结构的研究尤其重要，通常，我会用一周左右的时间扫除学生的结构误区和盲区。使他们就象疱丁解牛一样对运动当中的衣纹变化、绳带变化、花瓣的翻卷或枯叶的扭曲规律了如指掌，然后再去"表现"它们。和教素描的观念一样，先再现后表现，先模仿，后改造。基于这样的研究态度，速写的大敌不是慢而是快。不是拙而是巧。然而，速写的道路上，的确是云遮雾绕，险象环生。能得到真经的就是幸运儿了。

王华祥 2002 年 11 月 18 日于飞地艺术坊

素描党人

与贵州大学艺术学院的老师们共勉

素描对于架上画家的意义就像汉语对于中国人一样，实在是太重要了。素描是架上画家的腿和嘴，素描不好的画家走不远且口齿不清，碰上要命的事情只能拍胸瞪眼。腿脚不便当然爬不到高山上，也就看不远；笨嘴拙舌必然词不达意，也就影响与人交流。说艺术就得说绘画，说绘画就得说素描，像我这一类工匠型画家，头脑中的艺术八成是这些玩意儿。当然，我也知道"艺术"的意思不止是这些，甚至不主要是这些，但是，我仍然痴迷于这个十分"边缘"的部分，并且坚守着它满目苍夷的土地。令人欣慰的是，在这个眼花缭乱的世界上，仍然潜伏着许多坚定的"素描党人"，这些人执著地守护着艺术的技艺，不以模仿自卑，也不以摄影气馁，不怕保守，不惧落后，相反地，因为这手里的技艺而得以在滚滚红尘中超脱，在时尚的泡沫中保持清醒。我的母校的老师和朋友们就是这样一些人，他们的素描既继承了从文艺复兴以来的写实传统，又有被现代艺术侵润后的个性开发，作为艺术家和教师，他们在自己的专业里都各有建树，譬如蒲国昌、刘晓、赵竹、耿翊、蒲菱、葛贵勇、谢啸冰、许有根、罗登明、王俊、古波、张琼、李革、周路、张庆学、阎玉华、高炽江和田贵中等，尤其是蒲国昌老师，他在版画和水墨画上的成就令画界注目，他严谨而又开明的教学思想令许多人受益，我就是其中之一。回望艺术，尤其是架上艺术的历史，不夸张地说，素描真的是绘画的根本，假如将大师们的杰作拍成墨白照片，滤去其中的颜色，那些画仍然光彩照人，而假如反过来把素描因素去掉，那些画还能看吗？简直不敢想象。尽管现在的许多艺术家都不愿画素描了，尽管许多依然爱素描的人也都没有条件画素描了，但是，我能感觉到，在"素描党人"的心里，都有一块无古无今的"桃花园"，我们播种，耕耘，看花开花落，烟飞云起。素描，既是我们隔绝闹市噪声的消音壁垒，又是我们沟通自然和历史的桥梁通道。那笔尖，一头连着现实，一头连着心灵；一头连着过去，一头连着未来；一头刚烈，一头温柔；一头激越，一头平和；一头博大，一头精深；一头尖刻，一头宽容；一头犀利，一头圆融。因此，热爱素描者，决非守旧僵化的顽固分子或不谙世事的深山愚民。素描党人，其实是现代艺术家中的另类，是水里能游，地上能跑和天上能飞的族群，我们天空的美丽，是那些"先锋艺术家"和辜名浊誉的人所不知道的，我们不仅不以传统为耻，反面因为受惠于它而洋洋得意。

王华祥　2002.10.15　于飞地艺术坊

个性化的栖居，职业化生存

一、1995 年夏天

1995 年夏天，我乘坐一辆白色面包车来到了这个村子，并买下了这个院子——下苑村 2 号。我来到这里其实十分偶然，在些之前，我已经在这个世界上混了三十三年：贵州乡下 11 年，县城 5 年，省城 8 年，北京王府井 12 年，南湖渠花家地 2 年。无论如何，我做梦也不会想到，在京北三十三公里的地方，会有一个小村子等着我来居住。也没有想到，短短几年之后，这里会变成一个著名的画家村。不过，要把这事完全归为偶然也不符合事实。我去过很多地方，为什么没有选择其中的某一处定居，而单单在三十三岁的时候选了这个离城三十三公里的地方安家呢？宋庄，燕郊，平西村虎峪，门头沟，顺义以及古城旁边的泗上村我都考察过，一些同行住在这些地方，他们也曾拉我入伙，但是，我始终举旗不定。直到有一天，一个大雨滂沱的日子，我在泗上村河边的马路上眺望着对岸模糊的民房，突然间失了兴趣，我原本是来交钱的（已经跟房东谈好租 10 年）。我站在雨中，听雨水在雨伞上劈啪作响，眼里和心里一片茫然。这时，来了一辆白色的小型面包车，司机问我去哪里，我说随便。听一个光头男人在这样荒僻的地方，而且还是这种天气说这样的话，他被吓着了，我赶紧解释我是一个画家，想找一个有山有水的地方租间画室，他这才放心了。根据他的建议，我来到了这个村子：昌平上苑乡下苑村。我看上这个地方，可能与我出生的环境有关，我老家在贵州省清镇县鸭池河代家沟，鸭池河是乌江的上游，江的北岸是三峡似的悬崖峭壁，南岸有几个不大的村庄。从小我就喜欢水，随着年龄变化，我对水的感情也与日俱增。我经常站在水边上，望着弯曲着流向远方的河水眼睛发潮，那种感情既悲苍又神圣。后来我意识到自己注定要成为一名画家，因为心里的这些东西只有用画笔才能释放。上苑乡下苑村，它正好坐落在静之湖（桃峪口水库）和京密引水渠的南边，这使我产生了归家的感觉。于是，我毫不犹豫地买下了这个院子。

二、被废弃的小学校

这是一所废弃的小学校。小瓦灰墙，墙是花墙，（用石头和泥土建造）一共有十四间，门窗大部分都已损坏，曾经吊过的顶棚已经脱落，个别地方还残留着一点点，就像河边未融化的冰块。一个老乡在里边养鸡，猪，还有驴。人们看到今天的下苑村 2 号，难以想象它曾经的样子。如果没有农村生活经历的人，是无法动心把牲口棚变成人的居所的。当时就有朋友我劝我别冲动，他们认为这房子拆了当垃圾还要给人工钱。但是，我喜欢。尤其是院中的十几棵白杨树，遮天盖地，太漂亮了，这不就是人们所说的风景如画吗？96 年春天，我开始着将猪圈改造成人圈。我请了一些村民来收拾院子，请了几个木匠来装修。一个月以后，七间屋子被收拾出来了，院子里以卵石铺地，在西边还造了一个圆形台子。简单的打理使这个昔日的牲口窝变得有模有样了。我还开了一块菜地，帮我做饭的工人同时兼种菜。从此，我开始了城市和农村的两栖生活。

三、飞地艺术坊

人的命运真的是早已注定的吗？我可以找出一千种理由来证明自己为什么会来到这地方，但是，仍然不可能说清楚真正的一个原因。这所院落的前身是一所小学，后来因为搞计划生育使上学的孩子越来越少，于是几个村就合起来共用一所小学，叫做东新城小学，自然而然的那个曾经叫"上苑小学"的学校就被遗弃了。事隔二十年以后，认都不会想到，一个来自云贵高原的教书匠兼画家搬到了这里。猪们、鸡们、蜘蛛、老鼠们都被赶走了，只有我很不喜欢的蚊子和我很喜欢的喜鹊还住在这里。三年以后，我在这个院子里建了一座"雕堡"，再后来，我又把东边的院子买下打通，盖了两栋楼房。而今这儿幢房子已经和"飞地艺术坊"一样有名了，它们成了很多美术学子向往的地方。对于这些变化，我只能解释为：是命运和我一同创造了历史。也许在冥冥之中，是上天要我在这里为中国的美术教育做一些事情，是上天要让许多人来参与这个事业。所谓天时，地利，人和，几个条件都具备了，我知道要好好珍惜。

四、个性化栖居，职业化生存

在生活的道路上，可能每一个人都会感受到压力，寂寞，失意甚至绝望，面对困境，每一个人的心理反应和处理办法都不尽相同。生活就像大海，人就像里面的鱼，困境挫折就像水的阻力，但鱼就是靠摇动翅膀和摆动尾巴排除阻力前进的。我崇尚抗争的鱼的精神，不以工作为累，不以逆境为苦，不以奉献为亏。既然像鱼一样的就应当庆幸生活在水里，正是因为水的阻力，才能练就鱼盘骨的强健，正是因为借助了水的阻力，鱼才能像鸟儿在天空那样自由飞翔。我曾因写《将错就错》而受到排斥，曾因得罪某些权威而遭诋毁，有一阵的确感到很心灰。但是，我要感谢父亲，是父亲的浪漫基因使我迷恋乡野生活，它缓解了我的近视和执着；我要感谢母亲，是母亲的顽强血统使我永不服输，跌倒以后马上站起；我要感谢妻子，是她无私的爱使我的心胸更加宽广，在她身上集中了优秀女性的几种特质：美丽，聪明，勤劳和牺牲精神；我要谢老师，在我成长的过程中碰到了几位十分优秀的老师，是他们引领我进入了艺术的"芝麻之门"。我要感谢学生，与他们一起分享艺术和思想的成果是最快乐的事情；我要感谢"敌人"，"敌人"是一个拳击家最好的陪练，是他们激起了我的斗志；我要感谢时代，是时代给了我机会和空间，它令我感受到了什么叫海阔天空。我把人的生存，尊严和人生的自由看得高于艺术。生存是第一位的，其次是尊严。艺术是一个借口，是一个实现自由的借口。真正的人都离不开职业化生存，真正的艺术家都必须有个性化的生活与栖居。在此意义上说，"上苑"艺术家村的出现是一种必然，"飞地艺术坊"的崛起也是一种必然。这些20世纪末和21世纪初发生在中国的事情，具有很强的象征意义。

批评家谈王华祥

1994年，《将错就错》的出版，是学术界的重大事件，他用严肃而易懂的文笔阐述了自己错觉的狂欢以及对往日经典作品的重新解读定位，准确简洁。引出的争鸣却是深远的，一时间，媒体的炒做加上活跃的版画家身份，王华祥俨然一个中国美术教育的参照点。异议、诽谤与赞益、崇拜共舞时，他潜入个人打造的工作室内，开启了新的控索，并捧出一批调侃气质的油画—是达利富于想象力的血统，柔和当下情感欲望的思考与修正的个人版本。重要作品是一副拖着右腿的自画像，一只手挤出脸上的皱纹，润进硬朗的素描功夫，在色彩的舒适度上，给观者质疑的权利。老实的连缺憾都不掩饰。而同期版画作品更为自由，《打开心扉》《中国图式》（原题〈任劳任怨〉）等奠定了他在木刻领域的顶尖地位。大浪淘沙，是全国各地素描和版画的追随者，将他推上革新传统教育（且具备个人体制）的第一把交椅。

—兀鹏辉

近些年由版画"转场"和"登陆"油画领地的画家可以开列出一系列名字，如：王华祥，刘丽萍，陈文骥，周春芽，刘炜，方力均等等……1993年，王华祥开始涉足油画，此后开始以油画作品参加国内及国际间一系列油画展，受到美术界的关注，同时得到了批评家的评论从而奠定了他在油画界的地位，成为新生代的重要画家。

—邓平祥

王华祥近年的油画创作，继续延伸他在素描作品中那种变形与抽象的空间，在内容方面更把一种荒诞与调侃的因素揉进了生活化的题材。在这新的一批作品中，他颠覆了日常视觉空间排列，颠覆了传统艺术的表达方式，颠覆了历史及文化的逻辑秩序。

—祖儿

从王华祥的作品中，可以看到欲念，希望以及一切正烦扰着北京社会的矛盾。

—敖树克

就他目前的作品（94年），我更喜欢两件单人的立幅油画。也喜欢许多作品中的局部人物。这些造型在极端切近存在又极端疏离存在，太熟悉又太陌生的两极合体中，在破碎的形体空间与无限的线意的意外合成中，在素描，光影，固有色，条件色种种因素顾此失彼的杂揉中，在极为精心又及失法度的随意性中，创造了一种独具魅力的造型，这造型本身就让人产生诸多对人类当代生存困境的感触。

—刘晓纯

从文化延续性的角度来看，王华祥的追求洞开了另一个层面，就像他的素描教学的认识一样，"将错就错"之后还"一错再错"，既然他这么沉稳地面对传统，艺术本体和人的个体存在，既然他在对主流（"假前卫"其实也是主流的一部分）而把自己"陌生化"地处理了，我们便难得地发现自己成了被动的一方，永远得关注他。历史上艺术家曾拥有的执着，独立等美德又回归了，而这种个体的自觉应是进入成熟期的中国艺术的一个福音。

—殷双喜

有意思的是，王华祥通过这批作品涉及到一个当代文化的课题，即我们接受经验的方式。这种表现方式暗示了在当代社会中，我们关于现实和历史的知识早已不是直接的个人经验和学习结果，而是当代传媒的产物，是当代文化工业以超量图像信息直接灌输的结果。

—易英

"反向教学系统"是王华祥"将错就错"的素描教学思想的进一步拓展、延伸和系统化。他试图建立和创造一个"体系"，一个脱胎于学院教学又决计与学院主义教学体系"叫板"的体系。建立一个体系，不是一般人能做的事，但王华祥有这样的魄力、也有这样的胆略和雄心。

—贾方舟

齐 大 爷 *41cm × 32cm 2000 年*

坐姿裸女 　*41cm × 32cm*　　*1994 年*

侧裸女人　　*41cm × 32cm　　1994 年*

老　头　*41cm × 32cm　1999 年*

老年农妇　*41cm × 32cm　1999 年*

女人体侧面　*41cm × 32cm*　*1994 年*

太师傅全身像　*41cm × 32cm　2001 年*

劳模另一面　　*41cm × 32cm　　2001 年*

左图
下苑劳模
41cm × 32cm
2001 年

老冯家婆娘　　*41cm × 32cm　　1999 年*

龙门速写　*21.7cm × 13cm　1997 年*

男人着衣肖像　21.7cm × 13cm　1992 年

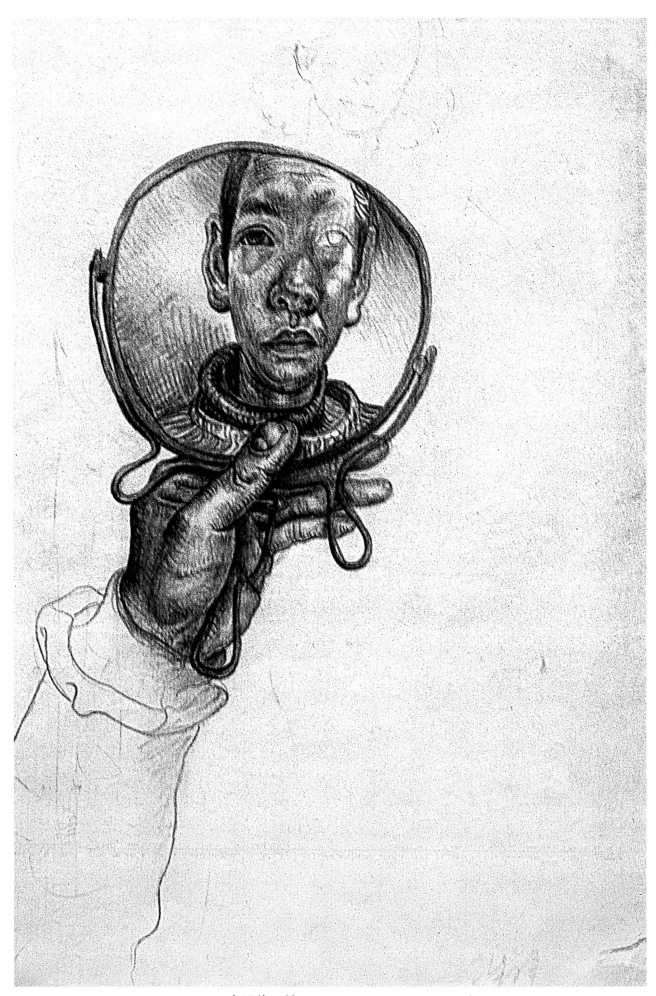

自画像・镜子 *21.7cm × 13cm 1994 年*

窗前泰师傅　*41cm × 32cm　2001 年*

老 人 *41cm × 32cm 2000 年*

胖　嫂　*41cm × 32cm　1999 年*

泰师傅头像　*32cm × 32cm　2001 年*

垓下之战素材　　*41cm × 32cm*　　*2001 年*

正在算卦的老徐　　21.7cm × 13cm　　1992 年

穿藏袍的妇女　　*21.7cm × 13cm　　1992 年*

左图

想事儿的人

21.7cm × 13cm

1992 年

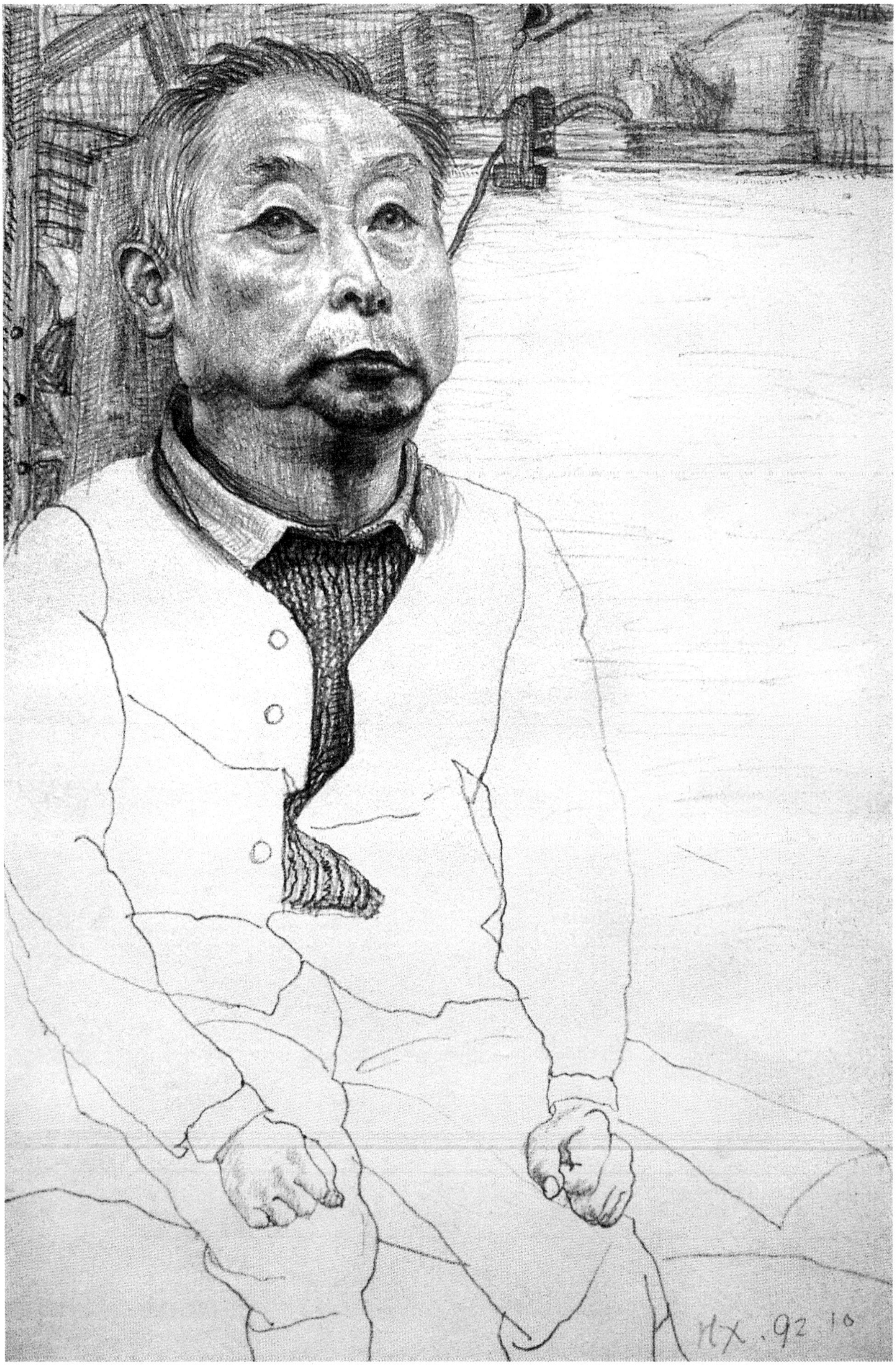

右图

正在休息的小辉

21.7cm × 13cm

1992 年

半裸男子　　21.7cm × 13cm　　1992 年

坐在布上的女人　　*21.7cm × 13cm　　1992 年*

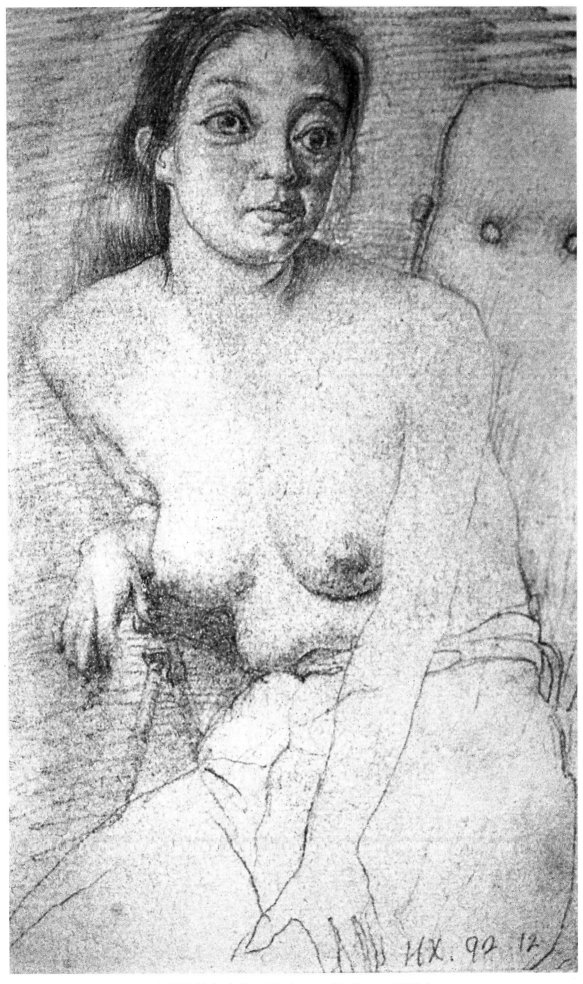

大眼睛的女孩儿　*17.4cm × 11.7cm　1992 年*

大眼睛的裸女　　*24.3cm × 34.5cm　1992 年*

做祈祷状的女人　*21.7cm × 13cm*　*1992 年*

穿便装的老徐　*21.7cm × 13cm　1992 年*

学生与模特儿　　21.7cm × 13cm　　1992 年

休息的女孩儿　*20.5cm × 15.3cm*　*1992 年*

小赵 21.7cm × 13cm 1992 年

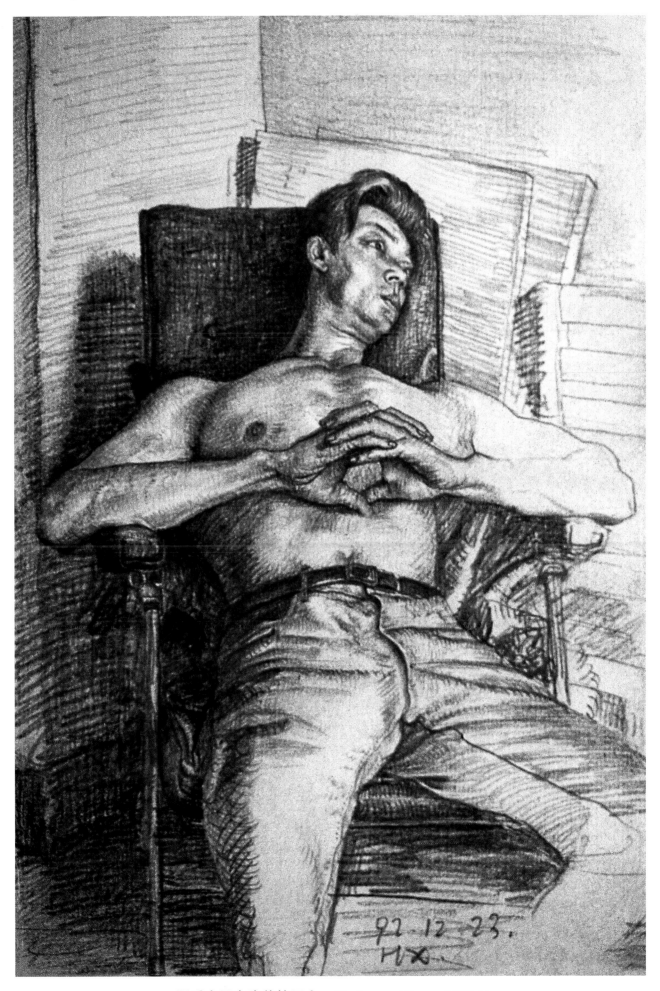

双手交叉在胸前的男人　*21.7cm × 13cm　1992 年*

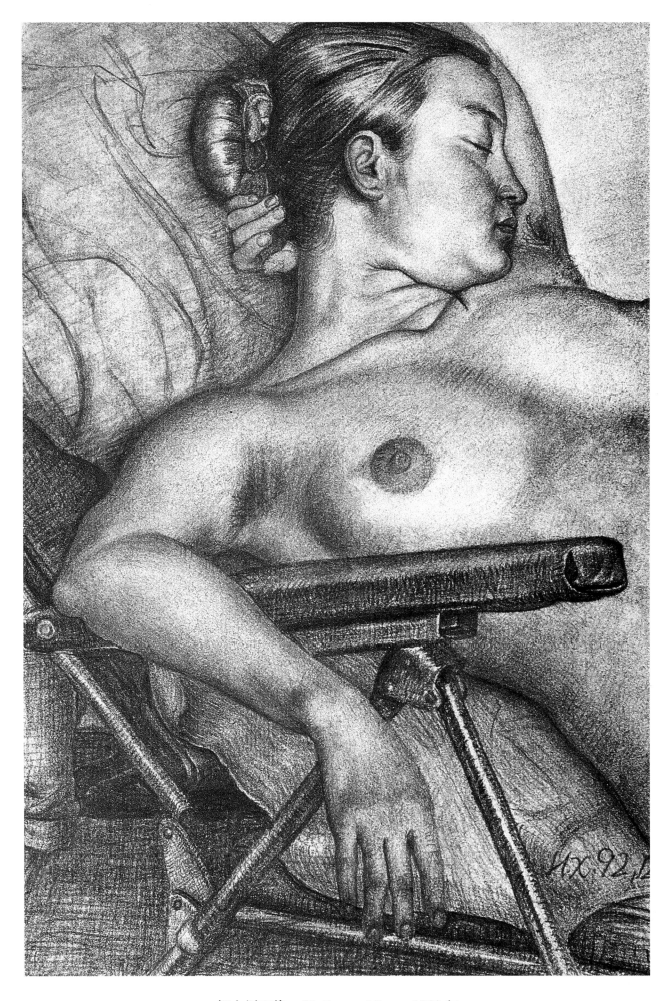

裸女侧面像　21.7cm × 13cm　1992 年

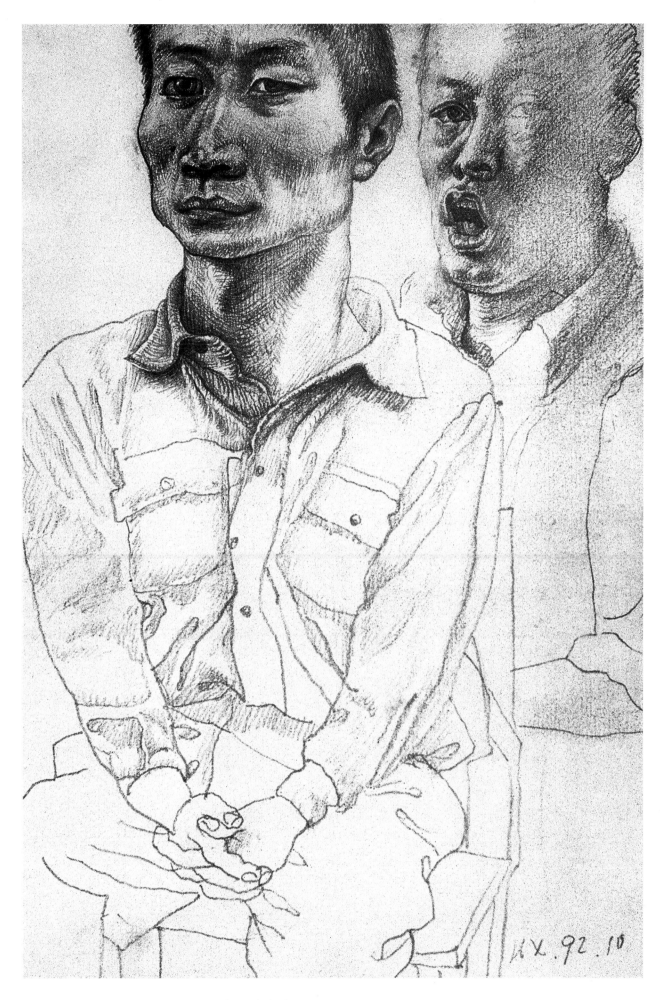

两个人的肖像　　*21.7cm × 13cm　　1992 年*

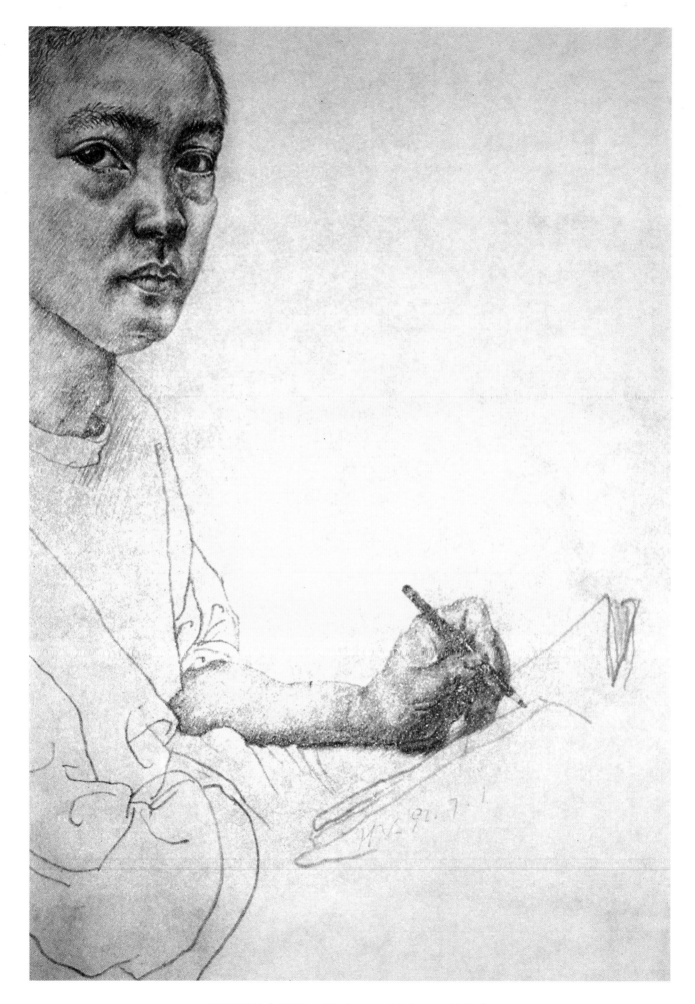

30 岁时的自画像　*24.3cm × 34.5cm　1991 年*

腿部素描　51.7cm × 59.4cm　1992 年

张大爷　54.5cm × 39.4cm　1992 年

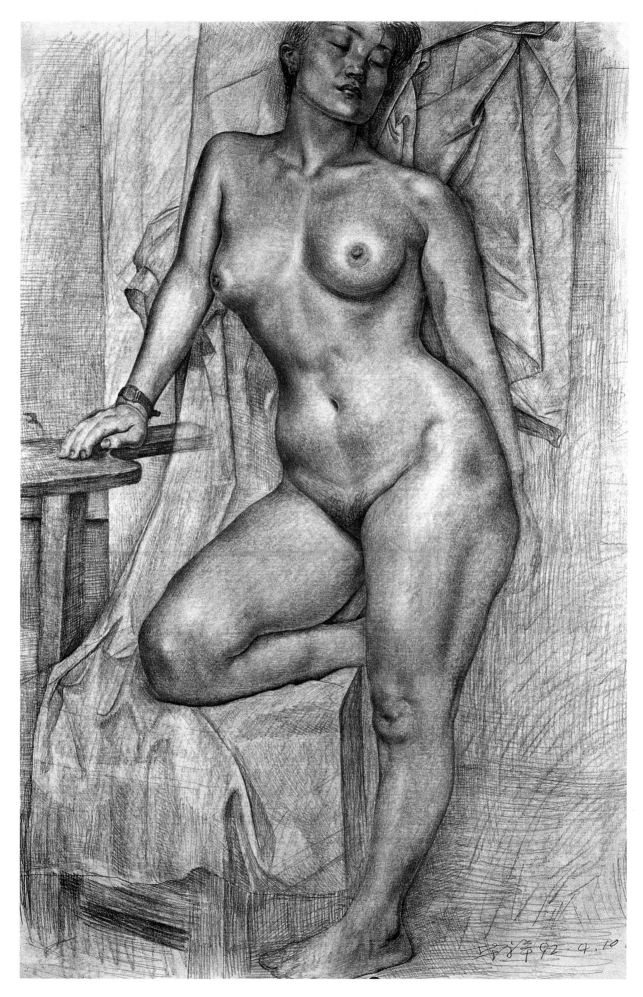

单腿站立的女人体　　*75.7cm × 51.5cm　　1992 年*

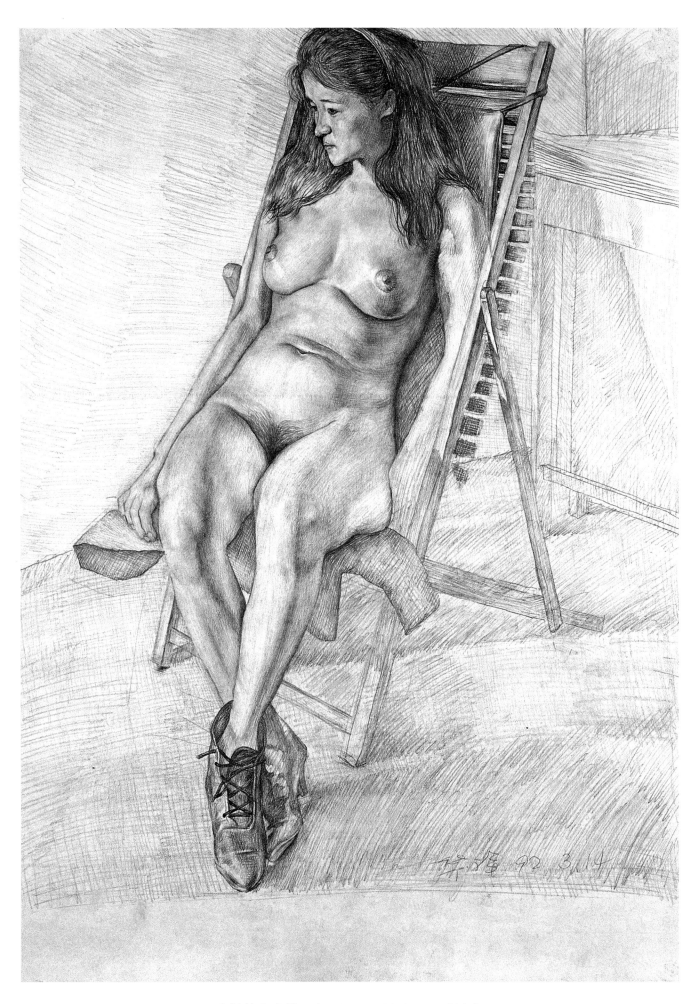

穿鞋的女人体　　*61.4cm × 44.2cm　1992 年*

抱手的姑娘　　*78.5cm × 54.5cm　　1986 年*

抱手的姑娘　*21.7cm × 13cm　1992 年*

并腿的女人体　75.5cm × 51.9cm　1987 年

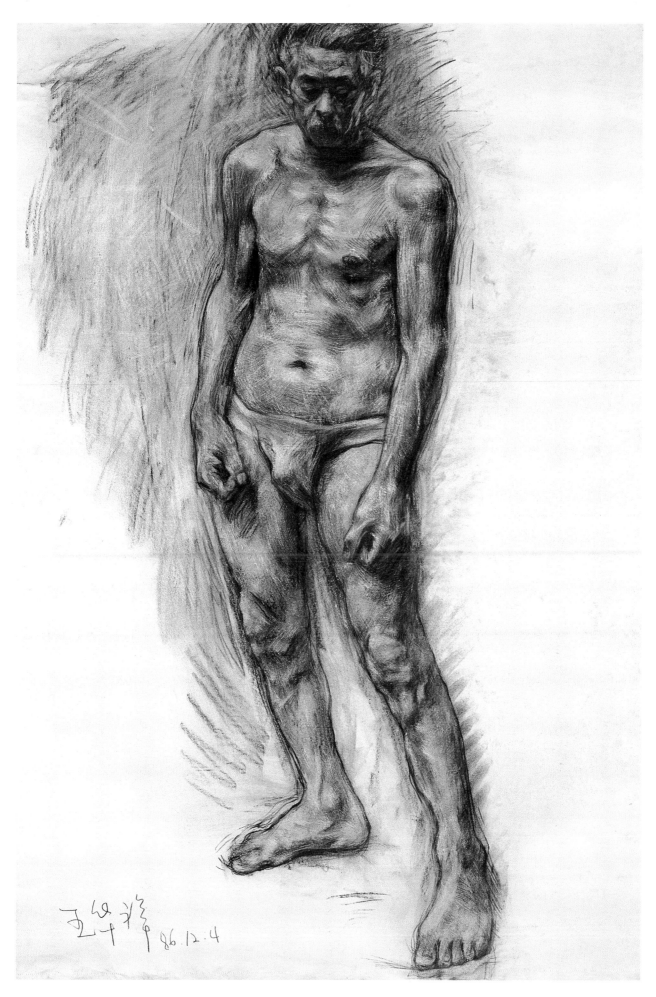

站立的男人体　　*106cm × 74.5cm　　1986 年*

有腰带的男人体　　*79cm × 54.5cm　　1986 年*

拉弓的男人　*106cm × 74.5cm　1986 年*

右图
跪着的女人体
43.8cm × 33.7cm
1987 年

叉腰女人体　　*78.5cm × 54.5cm　　1986 年*

两个模特儿   43.8cm × 33.7cm   1987 年

槐树·草图　　*52.7cm × 78.7cm*　　*1988 年*

坐着与躺着的女人体　　*79cm × 69cm　　1986 年*

集市之一·草图　　*54.5cm × 78.8cm　　1989 年*

集市之三·草图　　*54.5cm × 78.8cm　　1989 年*

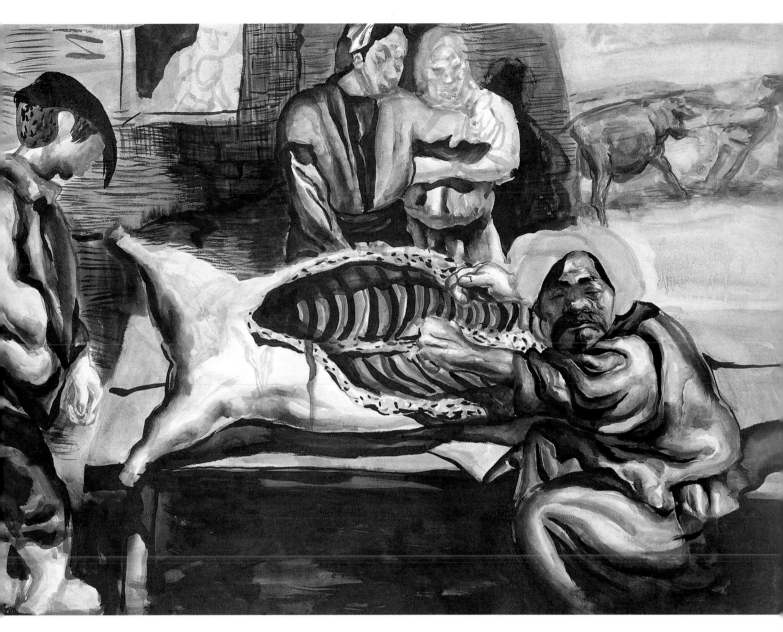

集市之四·草图　　*54.5cm × 78.8cm　　1989 年*

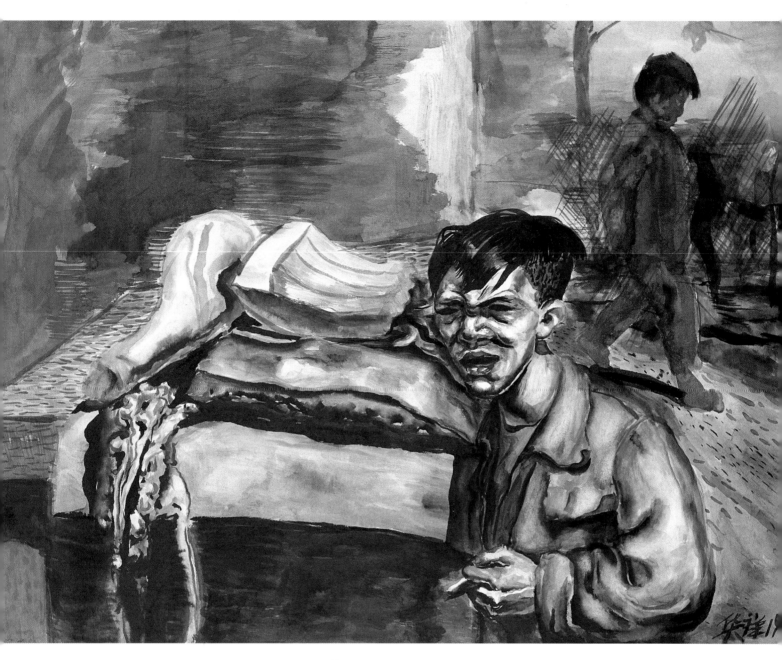

集市之五·草图　54.5cm × 78.8cm　1989 年

集市之六·草图　　*54.5cm × 78.8cm　　1989 年*

集市之七·草图　　*54.5cm × 78.8cm　　1989 年*

集市之九·草图　54.5cm × 78.8cm　1989 年

集市之八·草图　*54.5cm × 78.8cm　1989 年*

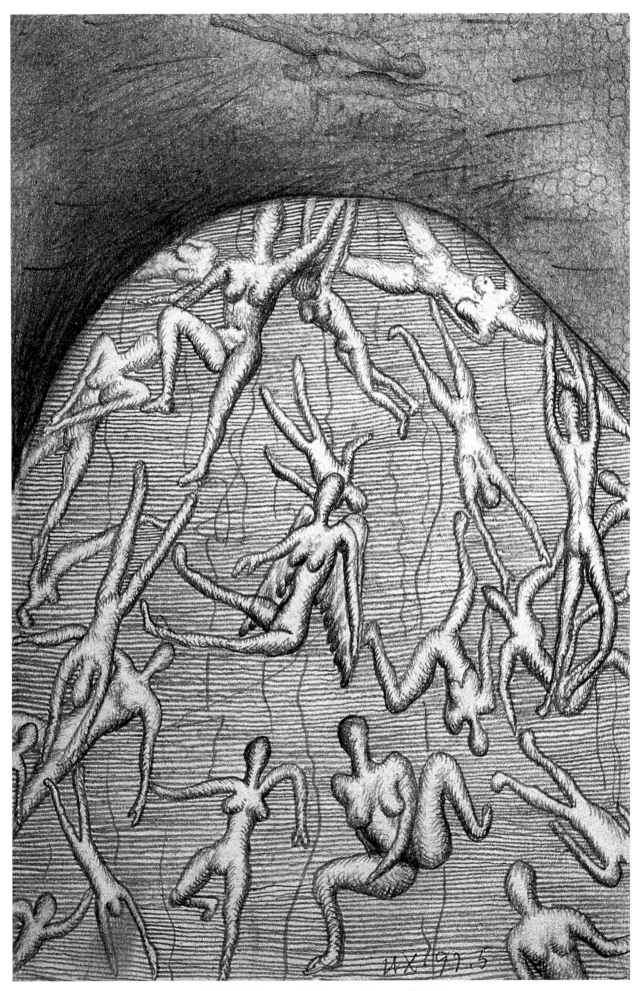

人类草图之一　　*21.7cm × 13cm　　2000 年*

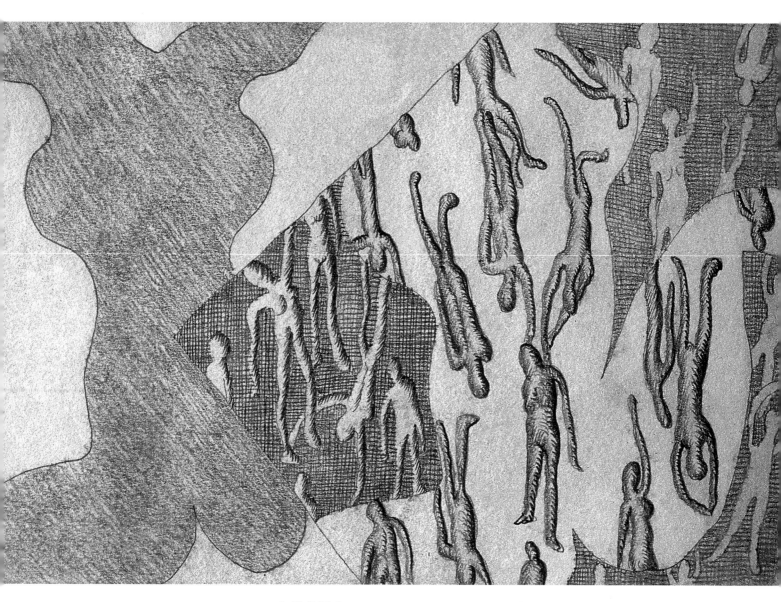

人类草图之二　21.7cm × 13cm　2000 年

草图·人类之三　21.7cm × 13cm　2000 年

草图·花和人 *21.7cm × 13cm 1996 年*

静物·草图　32cm × 41cm　2000 年

草图·窗　*21.7cm × 13cm　1996 年*

哭泣的树·草图　　*21.7cm × 13cm　　1996 年*

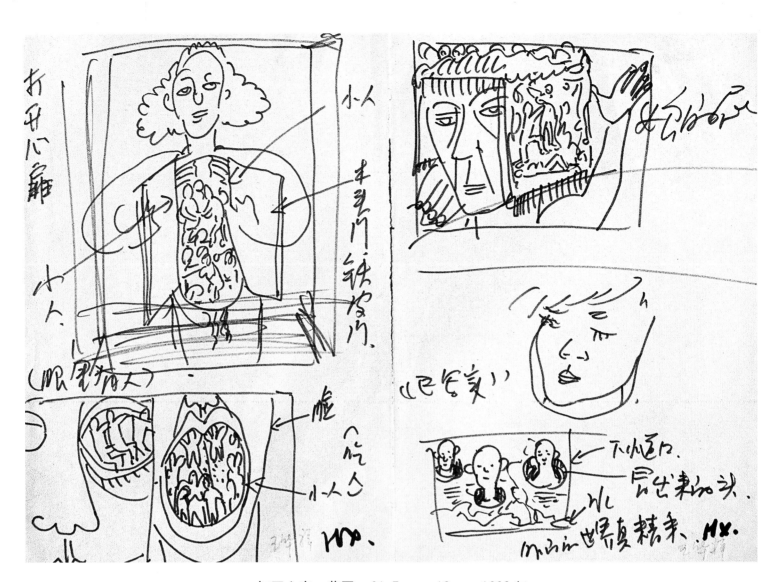

打开心扉・草图　　*21.7cm × 13cm　　1996 年*

草图·男女　*21.7cm × 13cm　1996 年*

草图·囚　　*21cm × 13cm　　1996 年*

草图·画室　21.7cm × 13cm　1996 年

草图·爱情 21.7cm × 13cm 1996 年

草图·镜子、抽屉　21.7cm × 13cm　1996 年

"镜子" 每口镜?里都假头像 光辰
也行.

草图·越狱　*21cm × 13cm*　*1996 年*

草图·肖像　21.7cm × 13cm　1996 年

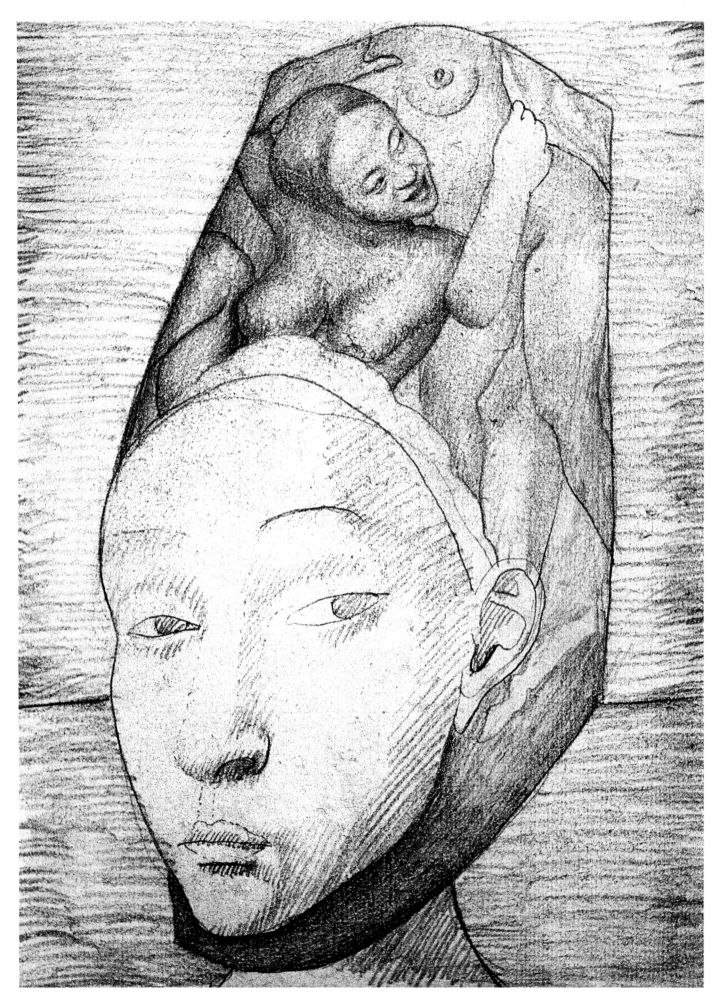

草图·吊匿　*21.7cm × 13cm　1996 年*

凤凰·草图　　*21.7cm × 13cm*　　*1995 年*

凤凰·草图　　*13cm × 21.7cm　　1995 年*

人类系列之一·草图　41cm × 32cm　1999 年

天女散花·草图　　*41cm × 32cm*　　*1993 年*

草图·记忆 *21.7cm × 13cm 1995 年*

沙发·草图　21.7cm × 13cm　1995 年

草图·油画　21.7cm×13cm　1997年

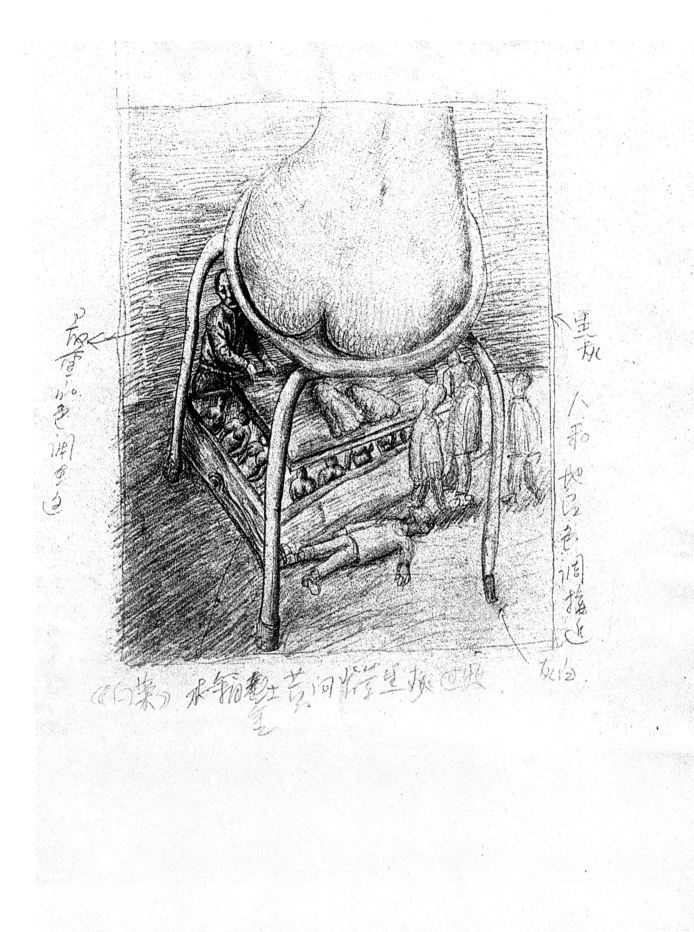

草图・隐私　21.7cm × 13cm　1996 年

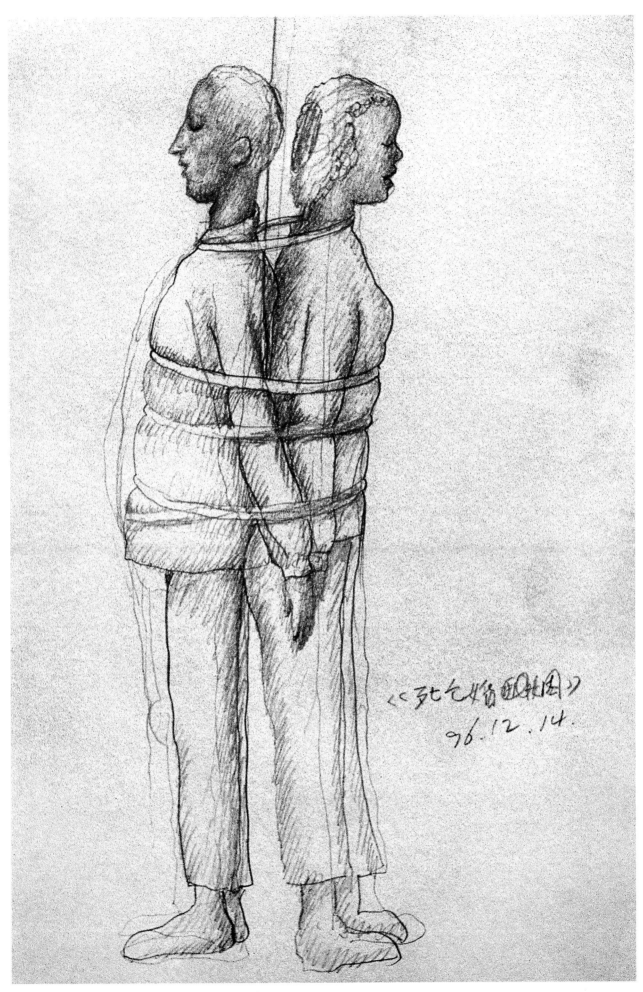

《死亡婚姻体同》
96.12.14.

草图·婚姻关系　21.7cm × 13cm　1996 年

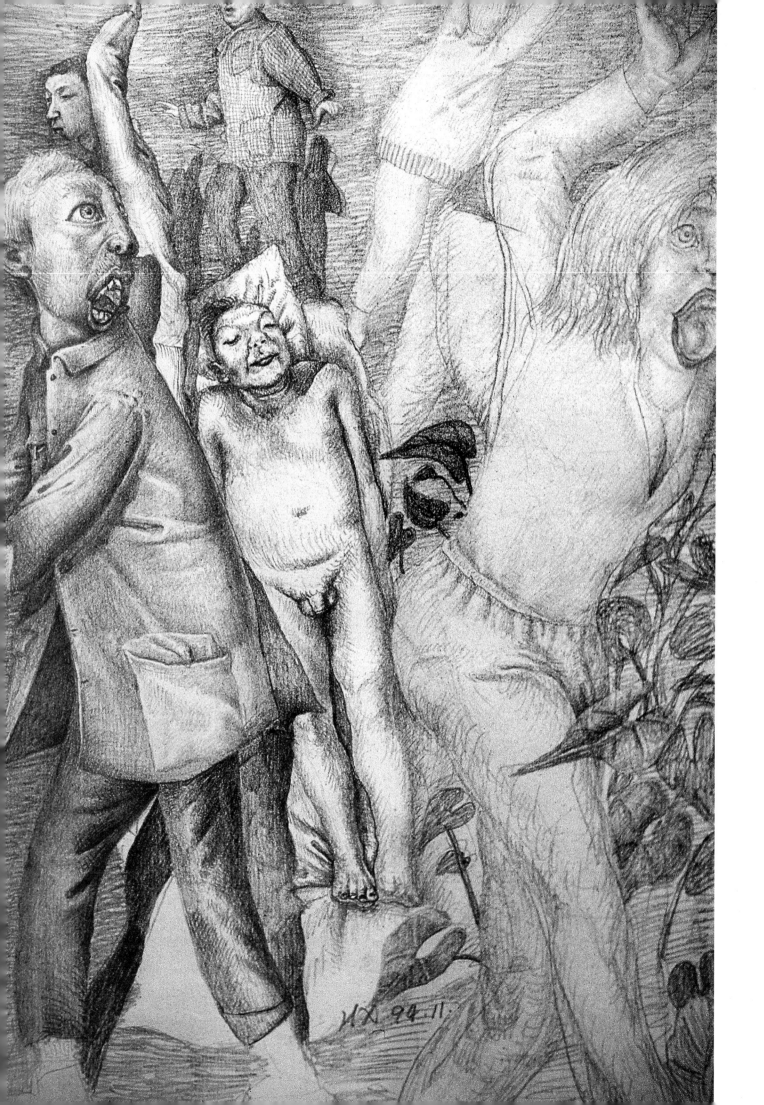

草图 21.7cm × 13cm 1996 年

王华祥素描

当代画家风格素描系列

出版发行／吉林美术出版社

责任编辑／张学杰　李　彤

技术编辑／赵岫山　郭秋来

装帧设计／李　彤

制版／长春吉美雅昌彩色制版有限公司

印刷／长春第二新华印刷有限责任公司

出版日期／2004年3月第1版第1次印刷

开本／635×965mm　1／8　印张／13

印数／1—4000

书号／ISBN 7-5386-1570-9／J·1270　　定价／29.80元